12 MARS. 1894 -

V

Collection de Mme RIDEL

PRÉCIEUSES

DENTELLES ANCIENNES

De Venise, Alençon
Argentan, Angleterre, Bruxelles, Malines
Florence, Milan

MAGNIFIQUES BRODERIES

Brocarts, Soieries brochées

DES XVIe, XVIIe ET XVIIIe SIÈCLES

Belles Tapisseries

Me G. DUCHESNE	M. A. BLOCHE
COMMISSAIRE-PRISEUR	EXPERT PRÈS LA COUR D'APPEL
Rue de Hanovre, n° 6	Rue de Châteaudun, 25

PARIS — 1894

IMPRIMERIE MAULDE ET RENOU

A. MAULDE & Cie

IMPRIMEURS DE LA COMPAGNIE DES COMMISSAIRES-PRISEURS

Rue de Rivoli, 144

Collection de Mme RIDEL

CATALOGUE

DE

PRÉCIEUSES

DENTELLES ANCIENNES

Points de Venise, Alençon, Argentan
Angleterre, Malines, Bruxelles, Florence, Milan

POINT COUPÉ DE FRANCE, GUIPURES

Aubes, Volants, Parures, Entre-Deux, Barbes, Tapis de Table
Napperons, Dessus de Lits et de Coussins

MAGNIFIQUES BRODERIES

d'Or et d'Argent

BROCARTS, SATINS, SOIERIES BROCHÉES

des XVIe, XVIIe et XVIIIe Siècles

TRÈS BELLES TAPISSERIES

FORMANT

La Collection de Mme RIDEL

ET DONT LA VENTE AURA LIEU

HOTEL DROUOT — SALLES N°s 9 ET 10

Les Lundi 12 et Mardi 13 Mars 1894

A DEUX HEURES UN QUART

Me G. DUCHESNE	**M. A. BLOCHE**
COMMISSAIRE-PRISEUR	EXPERT PRÈS LA COUR D'APPEL
Rue de Hanovre, 6	Rue de Châteaudun, 25

EXPOSITIONS

PARTICULIÈRE	PUBLIQUE
Le Samedi 10 Mars 1894	Le Dimanche 11 Mars 1894
DE 2 H. A 5 H.	DE 1 H. 1/2 A 5 H. 1/2

ENTRÉE RÉSERVÉE PAR LA RUE GRANGE-BATELIÈRE

LE PRÉSENT CATALOGUE SERVIRA D'ENTRÉE A L'EXPOSITION PARTICULIÈRE

Le Catalogue se trouve à :

PARIS............ Chez Me Georges Duchesne, Commissaire-priseur, 6, rue de Hanovre.

— — M. A. Bloche, Expert, près la Cour d'appel, 25, rue de Châteaudun.

LONDRES........ — M. F. Davis, 147, New Bond street.

ROME............ — M. Piatelli, 34, via Fumari.

AMSTERDAM..... — M. J. Boasberg, 63, Kalverstraat.

FRANCFORT..... — MM. J. et S. Goldschidt, Rossmark.

CONDITIONS DE LA VENTE

Elle sera faite au comptant.

Les Acquéreurs paieront cinq pour cent en sus des enchères.

Aucune réclamation ne sera admise une fois l'adjudication prononcée.

A. Maulde et Cie, imprimeurs de la Cie des Commissaires-Priseurs, rue de Rivoli, 144. 1000—40452

La collection de Mme Ridel est de celles qui, dans un genre très spécial, ont l'avantage, cependant, d'intéresser tout le monde. On en voit trop rarement paraître aux enchères présentant comme ici des spécimens aussi nombreux, aussi variés et aussi précieux pour que nous ne nous fassions pas un scrupule d'appeler l'attention des amateurs, des artistes et des industriels sur ces dentelles, sur ces broderies et sur ces tapisseries. Pour les uns, il y aura là l'occasion d'enrichir leurs collections et de s'assurer la possession de certains points anciens difficiles à trouver aujourd'hui ; pour les autres, des modèles sans prix, soit à peindre, soit à reproduire. Pour tous, comme cela fut pour nous un sujet d'étude des plus intéressants.

Grâce au concours, aux connaissances spéciales de Mme Despierres, l'auteur de l'*Histoire du Point-d'Alençon,* ouvrage universellement apprécié, nous avons, pensons-nous, rédigé un catalogue qui attribuera bien à toutes les dentelles leur véritable origine, rendant à toute source de fabrication, tout honneur.

Venise, inspiratrice des plus merveilleux points de

France, vient en tête avec ses remarquables dessins, ces reliefs incomparables. Alençon, notre gloire dentelière, est représentée par une suite des précieux points coupés à l'aiguille qui précédèrent, dans le dix-septième siècle, l'exécution non moins admirable du point sur vélin. D'Argentan, d'Angleterre, de Bruxelles, de Malines, de Florence, de Milan, combien de volants, de garnitures, de bandes, de cols, d'aubes, de napperons, de tapis, dont le travail confirme la juste célébrité de ces vieilles renommées.

Après les dentelles, ce fut une joie bien compréhensible pour nous qui nous sommes particulièrement appliqué à l'étude des étoffes anciennes, de nous trouver en présence de pièces aussi remarquables de broderies.

Que de musées doivent trouver là des spécimens réunissant les rares avantages de l'ancienneté et de la bonne conservation!

Du quinzième, du seizième siècle : une suite de chasubles, de dalmatiques, de chapes, de tapis, de bandeaux avec des médaillons à sujets allégoriques aux scènes du Nouveau Testament ou à l'Histoire, saisissantes par le caractère des physionomies au milieu d'une richesse d'ornements qui n'a de comparable que l'élégance, le goût du dessin. En France, en Italie, en Espagne, on voyait alors dans les confréries, dans les châteaux, des artistes brodeurs de premier ordre consacrer tout leur talent, inspiré par la foi la plus pure, à la conception de ces œuvres précieuses que jusqu'à présent, malgré les facilités de production enfantées par le progrès, on n'a pu qu'imiter et non pas surpasser. Au dix-septième, au dix-huitième siècle l'art décoratif conçoit des merveilles de goût, de composition. C'est la grâce s'ingéniant sous toutes les formes du dessin d'ornement. La période de Louis XIV avec ses grandeurs, ses somptuosités, l'époque de la Régence non moins imposante, plus sévère cependant et se laissant *débaucher*, passez-moi le mot, par cette période du règne de Louis XV, toute de coquetterie, de raffinements, de minauderies parfois enfantées par les Dubarry, les Pompadour, qui donnèrent naissance à ces charmantes rocailles, filles naturelles des *rinceaux et coquilles* d'antan, particulièrement prestigieuses sous le règne du Roi Soleil. Sans mêler la politique à l'art, n'est-on pas forcé de constater l'influence que les grands événements de l'histoire des peuples eût sur les styles ?

De tout temps les artistes, plus que les autres producteurs, ont trahi dans leurs œuvres, leurs convictions, leurs aspirations, leur foi, leurs préoccupations et c'est pourquoi plus nous avançons vers la période révolutionnaire, nous trouvons dans le dessin de tout ce qui s'est fait sous Louis XVI, une tendance à la simplicité de la composition, un abandon des conceptions larges et souriantes, dans tout ce qui gravite autour de 1789 et surtout de 1793 se révèle les douloureuses impressions de l'époque. Le Premier Empire se fonde et la mode, le goût mettent en vogue tout ce qui peut rappeler le théâtre des glorieuses batailles gagnées par le Premier Consul et l'Empereur. C'est Pompéï, c'est l'Égypte qui s'imposent, sous toutes les formes.

Cette courte digression n'aurait pas de raison d'être si dans toute cette collection de broderies et d'étoffes nous n'avions pas l'affirmation absolue de ces influences des faits historiques sur l'art du tissage, du dessin et de la décoration en général.

Trois tapisseries à scènes champêtres inspirées de David Téniers, offrent des compositions aux physionomies fines et étudiées dans des paysages d'une telle facture, qu'on les peut comparer aux meilleurs tableaux du Maître. Deux tapisseries du seizième siècle dans un autre ordre d'effet décoratif ne méritent pas moins d'être observées. Quiconque s'intéresse à l'art de la Dentelle, de la Broderie et de la Tapisserie, appréciera comme nous certainement, la collection de Mme Ridel.

Arthur BLOCHE.

DÉSIGNATION

DENTELLES

1 — Très beau Volant en vieux point de Venise à reliefs, dessin : entrelacs de fleurs et coquilles. Les reliefs et les brides ornés de picots. — Long. 3m50, haut. 0m40.

2 — Beau Bandeau en vieux point de Venise, dessin à hauts-reliefs entrelacs de fleurs et de feuillages. Les reliefs ornés de picots.— Long. 1m60, haut. 0m50.

3 — Beau Bandeau en vieux point de Venise, dessin à hauts-reliefs à fleurs, palmes coquillés et feuillages. Les reliefs ornés de picots. — Long. 1m10, haut. 0m45.

4 — Très joli Bandeau, ayant dû former col Louis XIII, en ancien point de Venise, dessin des plus fins à fleurs et entrelacs à hauts-reliefs à picots. — Long. 0m85, haut. 0m30.

5 — Très joli Col en ancien point de Venise, dessin à fleurs épanouies, entrelacs et boutons, en relief et à picots.

6 — Bande en ancienne Guipure florentine à l'aiguille, dessin à fleurs et branchages sertis à reliefs. — Long. 2m15, haut. 0m15.

7 — Bande d'Entre-Deux en même guipure, dessin analogue au numéro précédent. — Long. 3m, haut. 0m05.

8 — Jolie Bande en vieux point de Venise, dessin en relief à fleurs et branchages, brides régulières à picots. — Long. 2m, haut. 0m11.

9 — Petit Col en ancien point de Venise, dessin en relief à trèfles et feuillages, bords dentelés.

10 — Col avec pointes forme barbe en ancien point de Venise, dessin en relief à entrelacs de fleurs et feuillages, brides ornées de petits picots formant rosaces.

11 — Volant en ancien point de Venise, dessin à

entrelacs de fleurs et feuillages avec brides à picots. — Long. 0^m80, haut. 0^m27.

12 — Volant analogue au précédent avec légère variété dans le dessin. — Long. 0^m85, haut. 0^m27.

13 — Bande d'Entre-Deux en ancien point de Venise, dessin à guirlandes de fleurs, fond de brides à picots. — Long. 3^m80, haut. 0^m08.

14 — Très beau Dessus de Table en ancien point coupé de France, travail à l'aiguille, dessin à carrés et à rosaces, fond plein et fond à jour, avec bordure des plus délicates.— Long. 1^m60, larg. 1^m20.

15 — Joli Napperon en ancien point coupé de France, travail à l'aiguille, dessin à carrés partie fond de toile brodée et partie tout à jour à rosaces variées, fleurs et médaillons. — Long. 1^m40, larg. 1^m.

16 — Très beau Napperon en ancien point coupé de France, riche dessin formé de rosaces, de carrés et d'entre-deux en toile brodée. Bordure même travail garnie d'une dentelle à l'aiguille. — Long. 1^m60, larg. 1^m15.

17 — Beau Volant en ancien point de Milan, des-

sin Louis XIII à entrelacs de fleurs et branchages. — Long. 2m60, haut. 0m78.

18 — Bandeau en ancien point coupé de France, dessin à carrés et à rosaces, partie sur fond de toile brodée. Avec bordure de dentelle sur trois côtés. — Long. 1m20, haut. 0m70.

19 — Dessus de Taie d'Oreiller en ancien point coupé de Florence, dessin à rosaces et croix grecques sur fond de toile fine. — Long. 0m65, larg. 0m65.

20 — Bandeau en ancien point coupé et filet brodé, dessin à rosaces et carrés à fleurs, bordure même travail sur trois côtés. — Long. 1m80, haut. 0m34.

21 — Très jolie Bande en ancien point coupé, dessin à gerbes de fleurs et marguerites. — Long. 3m70, haut. 0m12.

22 — Entre-Deux en ancien point coupé, travail à l'aiguille, dessin à rosaces et à guirlandes. — Long. 3m60, haut. 0m05.

23 — Mouchoir avec bordure en ancien point coupé, dessin à entre-deux et rosaces, travail à l'aiguille.

24 — Mouchoir avec très riche bordure à dents, dessin à rosaces avec fleurs de lis aux angles de chaque carré, travail à l'aiguille.

25 — Ancien Bandeau de toile avec bordure sur trois côtés, travail à l'aiguille et dentelle au fuseau. — Longueur de la dentelle 3m80, larg. 0m13.

26 — Dessus de Table en ancien point coupé, dessin à rosaces. — Long. 1m10, larg. 1m.

27 — Entre-Deux en ancien point coupé, dessin à rosaces. — Long. 4m35, haut. 0m10.

28 — Volant en ancien point coupé, bordure, dentelle au fuseau. — Long. 2m90, haut. 0m11.

29 — Très belle Aube en vieux point d'Alençon à brides bouclées, dessin à rinceaux fleuris faits de rosaces mouchetés et de point mignon, le fond très délicat rehaussé de modes à mosaïques. Époque Louis XV. — Long. 3m, haut. 0m65.

30 — Entre-Deux à fil tiré, travail à l'aiguille, dessin quadrillé, un carré clair un carré plein. — Long. 3m40, haut. 0m15.

31 — Curieux Entre-Deux à fils tirés et brodés,

dessin mosaïque encadré. Travail vénitien. — Long. $1^{m}50$, haut. $0^{m}20$.

32 — Petit Napperon, point coupé, travail à l'aiguille exécuté sur parchemin, composé de deux grands carrés encadrés de petits carrés de même travail et de toile brodée. Époque Henri IV, entourée d'une dentelle au fuseau, dessin des plus délicats. — Long. $0^{m}70$, larg. $0^{m}40$.

33 — Très beau Napperon, point coupé, composé de trois grands carrés très fins encadrés par d'autres plus petits et de même travail. Ancien travail à l'aiguille sur parchemin entouré d'une ancienne dentelle italienne au fuseau. Époque Henri IV. Long. 1^{m}, larg. $0^{m}50$.

34 — Petit Tapis, point coupé, dans les plus grands carrés le dessin est retenu par un lacet, les autres plus petits sont fixés sur toile brodée. Ancien travail à l'aiguille. Époque Louis XIII. — Larg. $0^{m}42$, haut. $0^{m}42$.

35 — Tapis de table, composé de carrés, les uns en ancien point de Venise, dessin à petites rosaces toutes à jour, travail au point tourné et les autres à fond de toile avec carrés et œillets à jour. Époque Louis XIII. — Long. $1^{m}20$, larg. 1^{m}.

36 — Beau Couvre-Lit composé de carrés à rosaces au point tourné, séparés entre eux par des morceaux rectangulaires à œillets à jour sur fond de toile. Époque Louis XIII. — Long. 2^{m}, larg. 1^{m}50.

37 — Tapis de table en filet brodé, dessin à carrés mosaïque entre coupés de motifs rectangulaires brodés sur fond de toile. XVIIe siècle. — Long. 1^{m}30, larg. 1^{m}.

38 — Napperon composé de carrés en filet brodé à dessins variés, sertis de gros fil formant relief et de carrés à fond de toile brodés. Époque Louis XIII. — Long. 1^{m}90, larg. 0^{m}90.

39 — Coupe d'entre-deux à fils tirés. — Long. 16^{m}50, larg. 0^{m}05.

40 — Chemin de table, composé de carrés en filet brodé au point de reprise et carrés avec rosaces de point coupé sur fond de toile, garni de dentelle au fuseau. Époque Louis XIII. — Long. 2^{m}, larg. 0^{m}80.

41 — Tapis de table composé de carrés et filet brodé, point de toile et de carrés en toile brodée à petites rosaces. XVIIIe siècle. — Long. 1^{m}25, larg. 1^{m}15.

42 — Fragment de Dessus-de-Lit en filet brodé

à très beau dessin, rosace par carré, bordure sur deux côtés à bouquets et ornements. — Long. 1m20, larg. 1m15.

43 — Petite Nappe en filet brodé, dessin à gerbes et arabesques de fleurs, bordure à guirlande d'œillets et tulipes encadrée de très belle dentelle au fuseau. Époque Louis XIII. — Long. 1m20, larg. 0m85.

44 — Petit Tapis de table en filet et toile brodée. XVIIe siècle. — Long. 0m90, larg. 0m70.

45 — Petit Napperon filet brodé, toile unie, dessin par carrés à vases de fleurs, chèvres et rosaces. XVIIe siècle. — Long. 0m70, larg. 0m60.

46 — Jolie Parure en ancien point d'Alençon, dessin à relief, fond de brides bouclées et à picots, composée d'un grand col, tour de corsage et deux manches. Époque Louis XIV.

47 — Beau Dessus de coussin rond en ancien point d'Alençon, dessin à grenades, palmes et fleurs. Fond à brides bouclées et à picots. Epoque Louis XIV.

48 — Deux jolies Bandes en ancien point d'Alençon des plus fins, dessin à guirlandes de roses et de feuillages, bordure à palmes et coquilles

avec cœur à mosaïque, points à trous, gaze mouchetée, point royal, fond à brides bouclées et à picots. Époque Louis XV.

49 — Barbe en ancien point d'Alençon, dessin à gerbes et fleurs, fond à brides bouclées, petites mailles. Époque Louis XV. — Long. 1^m^.

50 — Même Dentelle que la précédente, moins large.

51 — Bande en ancien point d'Alençon, dessin à relief, fond brides bouclées à picots. Epoque Louis XIV.

52 — Bande en ancien point d'Argentan, à rinceaux fleuris et feuillagés, fond à brides et mosaïques. Epoque Louis XV.

53 — Col en vieil Argentan, à festons de fleurs et de feuillages. Epoque Louis XV.

54 — Petite Bande en ancien point de France, dessin à rinceaux enlacés, fleurs et feuillages, fond de brides bouclées et à picots. Epoque Louis XV.

55 — Dentelle en vieux point de Venise, dessin très fin à petits reliefs, fond de brides bouclées et à picots.

56 — Garniture de corsage en vieux point de Venise. Dessin analogue.

57 — Coupe d'ancien point de Venise, dessin petits reliefs, fond de brides bouclées. Epoque Louis XIV. — Long., 1^{m}35, haut. 0^{m}05.

58 — Coupe d'ancien point de Venise à la rose, fond de brides bouclées et à picots, bords dentelle. — Long. 1^{m}40, haut. 0^{m}85.

59 — Coupe d'ancien point de Venise à la rose, dessin à entrelacs de fleurs, brides ornées de roses. — Long. 0^{m}90.

60 — Col de vieux Venise plat.

61 — Coupe de vieux Venise, dessin à haut relief. Epoque Louis XIII. — Long. 1^{m}.

62 — Deux Guimpes en ancien point de France, non relevé. XVIIe siècle.

63 — Guimpe en ancien point d'Alençon, dessin à rinceaux feuillagés et coquillés, rehaussés de modes, fond à brides bouclées. Epoque L. XV.

64 — Bande en ancien point d'Alençon, dessin à guirlandes de fleurs, à brides bouclées. Epoque Louis XV. — Long. 0^{m}70.

65 — Deux bandes en ancien point d'Alençon, dessin à guirlandes, fond à brides bouclées. Epoque Louis XV. — Long. 2m 50.

66 — Coupe d'ancien point d'Alençon, dessin à bouquets, fond brides bouclées, bordures à festons. Epoque Louis -- XV. Long. 2m.

67 — Coupe de point d'Argentan, dessin à guirlandes et bouquets détachés, bridés, tournés. Epoque Louis XVI. — Long. 1m 15.

68 — Coupe de point d'Alençon, réseau dessin Louis XVI. — Long. 0m 70.

69 — Barbe, fond de bonnet, col, manchettes point d'Alençon, dessin fin Louis XVI, fond de réseaux.

70 — Coupe de point d'Alençon, fond de réseau chargé de pois, bordure à guirlandes dentelées. — Long. 1m35.

71 — Pale en ancien point de Venise, petit relief.

72 — Très longue Barbe en vieux point de Bruxelles, dessin à bouquets détachés et réserves. — Long. 2m15.

73 — Volant en ancien point d'Angleterre, dessin à guirlandes. — Long. 1m85, haut. 0m23.

74 — Coupe d'ancien point d'Angleterre, dessin à guirlandes. — Long. 1m25.

75 — Grande Barbe en ancien point d'Angleterre, dessin à festons et fleurs. — Long. 1m20.

76 — Barbe analogue à la précédente. Long. 1m20.

77 — Coupe de Malines, dessin très fin, à oiseaux, fleurs et festons. — Long. 1m40.

78 — Coupe de Malines, dessin des plus fins, à rocailles et fleurs, fond de mosaïque, réseau très fin. — Long. 1m80.

79 — Barbe en ancien point de Bruxelles, dessin fleurs et réserves. — Long. 1m75.

80 — Coupe de Malines, dessin à fleurs et réserves. — Long. 0m70.

81 — Fond de Bonnets en Bruxelles et Malines, dessin, festons et fleurs.

82 — Fond de Bonnet, point de Bruxelles, analogue au précédent.

83 — Morceau analogue au précédent.

84 — Coupe point d'Alençon, dessin fleurs et feuillages. Époque Louis XV. — Long. 1m80.

85 — Col en vieux Bruxelles, dessin à rinceaux entrelacés et feuillages.

86 — Joli Tour de Corsage en vieux point d'Angleterre, fond de brides à picots, dessin fleurs et ramages. Travail au fuseau.

87 — Très beau Fichu en vieil Angleterre, dessin à ramages. Époque Louis XIV.

88 — Volant en application d'Angleterre, dessin Ier Empire. — Haut. 0m18, long. 1m40.

89 — Coupe de vieux point de Ferrare, dessin très fin. — Long. 1m30.

90 — Volant en vieux Bruxelles, riche dessin à fleurs et ramages. — Long. 1m90, haut. 0m30.

91 — Grand et beau Volant en Bruxelles, riche dessin à bouquet de fleurs, lambrequins et festons. Époque Régence. — Long. 3m70, haut. 0m33.

92 — Volant de Venise, travail au fuseau, dessin entrelacs, fond brides bouclées à picots. Époque Louis XIII. — Long. 3m55, haut. 0m18.

93 — Mouchoir garni de vieux Bruxelles, dessin entrelacs, fleurs et feuillages.

94 — Volant vieux Venise au fuseau, dessin entrelacs. Époque Louis XIII. — Long. 4^m, haut. 0^m25.

95 — Volant en vieux Milan, dessin à ramages Louis XIII, travail au fuseau — Long. 2^m70, haut. 0^m20.

96 — Volant en vieux Venise, travail au fuseau, dessin entrelacs. — Long. 3^m80, haut. 0^m25.

97 — Volant vieux point de Milan, dessin à guirlandes de fleurs. — Long. 1^m35, haut. 0^m20.

98 — Volant vieux Milan, travail au fuseau, dessin à ramages. — Long. 2^m60, haut. 0^m25.

99 — Jolie Nappe composé de carrés en ancien filet brodé, dessin à rosaces et de carrés en broderie sur fond de toile fine, encadrée d'une dentelle au fuseau. Époque Louis XIII. — Long. 1^m60, larg. 1^m05.

100 — Chemin de table au point coupé, dessin mosaïque XVIIe siècle. — Long. 1^m90, larg. 0^m60.

101 — Aube garnie d'un grand volant en vieux Bruges, riche dessin à grands ornements, feuillages et rosaces. Époque Louis XIV. — Haut. 0^m60, long. 3^m30.

102 — Volant vieux point de France inspiré du point de Venise plat, dessin à enroulements et guirlandes de fleurs. Époque Louis XIII. — Long. 3m75, haut. 0m30.

103 — Beau Volant vieux Bruxelles au fuseau, dessin vases de fleurs, ramages et coquilles. Époque Louis XIV. — Long. 3m, haut. 0m35.

104 — Volant vieux Bruxelles au fuseau, dessin branchages entrelacés. Époque Louis XIII. — Long. 3m30, haut. 0m20.

105 — Volant vieux Venise au fuseau, dessin entrelacs, fond à brides à picots. Époque Louis XIII. — Long. 2m80, haut. 0m50.

106 — Bande vieux Bruxelles, dessin arabesques feuillagées et fleuries. — Long. 2m.

107 — Volant vieux point de France au fuseau, inspiré des dessins vénitiens, suite d'arabesques. Époque Louis XIII. — Long. 3m25, haut. 0m07.

108 — Mouchoir encadré de vieille Malines, dessin arabesques de fleurs entrelacées.

109 — Volant en application vieil Angleterre, dessin à guirlandes et jetés de fleurs. — Long. 2m65, haut. 0m20.

110 — Volant vieux Bruxelles, dessin branchages et ramages. — Long. 3m10, haut. 0m20.

111 — Lambrequin en dentelle très fine de Malines, dessin à écussons. XVIe siècle. Très curieux.

112-115 — Quatre Coiffes en toile brodée avec garniture de dentelle à dessins variés. — XVIe siècle.

116 — Bande en ancien point d'Italie au fuseau représentant les aigles d'Autriche. XVIIe siècle. — Long. 1m25, haut. 0m15.

BRODERIES. — ÉTOFFES ANCIENNES

117 — Magnifique Tapis de table en broderie d'or, d'argent et de soie, du temps de la Renaissance. Le milieu offre deux médaillons : *La Salutation angélique et la Résurrection*, dans des cartouches à enroulements se détachant au milieu de chutes de fleurs et de feuillages, deux autres médaillons à rosaces, dans des cartouches à ornements entre deux gerbes de fleurs, de fruits et de feuillages; la bordure présente des arabesques et l'encadrement à grande dentelure, formant lambrequin, offre des gerbes de fleurs se détachant sur des rin-

ceaux ; un des côtés avec blason aux armes cardinales : alliance de deux lions dont un portant une couronne. Travail en haut-relief, remarquable par sa conservation et sa délicatesse de dessin sur fond de velours rouge. — Long. $1^{m}20$, larg. $0^{m}80$; long. avec bordure 2^{m}, larg. $1^{m}60$.

118 — Très beau Bandeau en broderie d'or, d'argent et de soie sur fond de velours rouge du XVIe siècle, dessin à rinceaux et enroulements avec corbeilles fleuries, enrichi au milieu d'un médaillon représentant en buste saint Étienne, bordé d'un double frange de soie rouge et d'argent doré. — Long. $1^{m}60$, haut. $0^{m}34$.

119 — Deux petits Lambrequins en broderie de soie sertie de fil d'or et d'argent sur fond de velours rouge, offrant au milieu des écussons sur cartouches ornementés auxquels se relient des arabesques, des rinceaux et des enroulements. XVIe siècle. — Long. $0^{m}75$.

120 — Magnifique Tapis de table en broderie d'argent et applications de satins de différents tons, sur fond de satin rouge semé de paillettes, représentant des médaillons au milieu de gerbes de feuillages et d'enroulements. XVIe siècle. — Long. $1^{m}36$, larg. $1^{m}12$.

121 — Bordure de même travail, petit dessin. — Long. 5m25.

122 — Quatre Coussins en application de satin jaune et crème serti de fil d'or et d'argent, dessin à couronnes et arabesques sur fond de peluche rouge. — Long. 0m55, larg. 0m40.

123 — Deux Pentes en broderie d'or, d'argent et de soie, dessin à motifs d'enroulements et de rinceaux superposés sur fond de satin rouge. XVIe siècle. — Hauteur de chaque pente 1m25, larg. 0m20.

124 — Bande en broderie d'argent doré, dessin à arabesques et corbeilles de fleurs sur fond de velours rouge. XVIe siècle. — Long. 1m60.

125 — Deux Bandes accouplées en broderie d'or et d'argent, dessin à rinceaux feuillagés. XVIe siècle.

126 — Dessus de coussin en broderie d'argent doré, dessin à rinceaux feuillagés avec ornements aux écoinçons. XVIe siècle.

127 — Précieux ensemble de quatre Bandes en broderie d'argent doré et de soie sur fond d'argent armuré, dessin délicat à ornements, gerbes de fleurs et rinceaux. XVIIe siècle. — Longueur totale 6m80.

128 — Deux remarquables Dalmatiques et une Chasuble en satin blanc damassé avec bouquets de fleurs en broderie de soie, et damas rouge avec riches applications en très haut-relief de broderie d'or et d'argent, représentant des entrelacs de rinceaux, de feuillages et de gerbes, bordés de franges d'argent. Commencement du xviie siècle.

120 — Important Devant d'Autel en broderie d'argent doré en très haut-relief appliquée sur fond de moire blanche, représentant une suite de grandes arabesques et de rinceaux feuillagés et fleuris se reliant à une jardinière chargée de fleurs et de raisins. xviie siècle. — Long. 2m35, haut. 1m.

130 — Deux Motifs d'accompagnement analogues au numéro précédent.

131 — Magnifique Bandeau avec quatre Motifs d'accompagnement broderie d'argent doré en très-haut relief sur fond de velours rouge, représentant d'élégantes arabesques se terminant en grenades et fleurs lobées, encadré d'une dentelle Louis XIII, au fuseau, dessin très fin. xviie siècle. — Long. 2m38, haut. 1m.

132 — Belle Chasuble avec son Voile de calice, Étole et Manipule en broderie d'or, d'argent

et de soie, dessin des plus délicats à guirlandes et arabesques de fleurs sur fond de soie crème. Commencement du XVIIe siècle. En très bel état de conservation.

133 — Magnifique Chasuble en fine broderie d'or, d'argent et de soie, représentant dans une grande croix centrale différents médaillons allégoriques : une Apparition divine, le Sacrifice d'Abraham, Saint Michel terrassant le dragon, le Christ au jardin des Oliviers, sur fond brodé d'argent et relevé de bouquets de fleurs. Les côtés, fond tout brodé au passé en soie crème, sont ornés de bouquets de fleurs superposés. XVIIe siècle.

134 — Très belle Chasuble en moire groseille avec double croix tout en broderie de soie, dessin à fleurs et feuillages, rappelant les anciens points de Venise, avec médaillon au centre représentant la Vierge Marie en extase. Époque Louis XIII. Bel état de conservation.

135 — Très intéressante Chasuble entièrement brodée au cordonnet de soie, dessin délicat à rinceaux entrelacés et gerbes d'ornements avec bordures à arabesques sur fond de satin crème, rappelant par sa facture les travaux en niellé ou damasquinure. Bordée d'une frangette assortie. Époque Henri II.

136 — Chasuble en brocatelle bleue, dessin ton chaudron, rappelant les décors hispano-arabes, avec croix tout en broderie de soie et d'argent, représentant des groupes de personnages du Nouveau Testament sous des portails. Fin du XVe siècle.

137 — Chasuble en damas de soie bleu, avec croix gothique tout en broderie de soie et d'argent, représentant la Vierge Marie et l'Enfant Jésus, les Anges adorateurs et des Saints sous des portails. XVIe siècle.

138 — Chasuble en satin vieux rose, avec croix et bande tout en broderie, représentant au centre la Sainte Vierge au pied de la croix, de chaque côté Sainte Catherine et Saint Jean; sur les bandes : des Saints dans des intérieurs de temple ou de palais d'architecture romaine. Travail du XVe siècle.

139 — Très précieuse Chasuble, en satin bleu orné de motifs en or et argent avec croix et bandes tout en broderie d'or, d'argent et de soie, représentant : au milieu, *la Vierge, tenant l'Enfant Jésus sur ses genoux, assise sur un trône;* de chaque côté, les Anges adorateurs; au-dessous, Saint Pierre et un Apôtre sous un arceau; derrière, des Saints et autres person-

nages en costumes du temps de Louis XII. Travail du XVe siècle. Parfait état de conservation.

140 — Très belle Chasuble en velours vert péridot semé d'étoiles en broderie d'or et d'argent, avec deux écussons à fond de satin rouge aux armes de Castille. Bandes tout en broderie de soie, dessin à rinceaux et médaillons, représentant Saint Étienne, le Bon Pasteur, Saint André, Sainte Barbe et autres personnages du Nouveau Testament. Travail du commencement du XVIe siècle. Bel état de conservation.

141 — Curieuse Chasuble en soie rouge, avec croix en broderie d'argent et de soie, sur fond de satin vert, représentant : au centre, la Vierge portant l'Enfant Jésus dans ses bras; de chaque côté, des Anges adorateurs; en bas, des Saints sous des portails d'architecture gothique surmontés de trèfles; de l'autre côté, d'autres personnages du Nouveau Testament. Travail du XVe siècle. Bel état de conservation.

142 — Très remarquable Chasuble en damas vert à petit dessin, avec croix et bandes richement brodées d'or, d'argent et de soie, offrant : au centre, dans un palais d'architecture florentine de l'époque, la Sainte Vierge portant l'Enfant

Jésus; de chaque côté, les Anges adorateurs tenant les torchères; au-dessous et derrière, des Saints, des Évangélistes dans des temples. Superbe état de conservation. Travail du XVIe siècle.

143 — Belle Chasuble en satin rose broché à fleurs et feuillages polychromes, avec bandes en broderie d'or, d'argent et de soie, représentant la Vierge et l'Enfant Jésus, des Saints sous des arceaux surmontés de rinceaux sur fond de satin vert. XVIe siècle.

144 — Très belle Chasuble en velours rouge, avec croix et bandes tout en broderie de soie d'or et d'argent, représentant au centre le Christ en croix et les Saintes Femmes éplorées. Au-dessous le Chemin de la Croix, la Flagellation, de l'autre côté, la Cène et le Baiser de Judas. Travail du XVIe siècle. En bel état de conservation.

145 — Curieuse Chasuble en brocatelle jaune, dessin vert avec croix et bande tout en broderie d'or, d'argent et de soie, représentant au centre : l'Adoration de l'Enfant Jésus et au-dessous des scènes de la vie de Saint Laurent. XVe siècle.

146 — Chasuble en velours vénitien rouge et ciselé avec croix et bandes tout en broderie de soie, représentant le Christ en croix, au-dessous

la Vierge et des Saints, de l'autre côté divers personnages du Nouveau Testament au milieu d'ornements de caractère ogival. xve siècle.

147 — Chasuble en brocatelle verte brochée, dessin à entrelacs avec croix brodée fond d'or offrant les Saintes Femmes au pied de la croix sur laquelle on voit le Christ martyr et au-dessus le Père Éternel. Dans le bas et dans le dos un écusson aux armes du donateur et d'autres avec les emblèmes de la Passion. xvie siècle.

148 — Chape en velours rouge vénitien ciselé, semé de fleurs brodées d'or, garnie d'un galon en fin, avec chaperon tout brodé d'or et de soie, représentant la Nativité. xvie siècle.

149 — Encadrement de glace ou cantonnière tout en broderie à figures de Saints sous des arceaux fleuronnés, bandeau à ornements et rinceaux sur fond de velours rouge. xvie siècle.

150 — Très intéressant Bandeau en brocart crème broché d'argent avec trois bandes en broderie d'argent et de soie à figures de Saints et de Saintes sous des arceaux fleuronnés à fond de velours rouge. xvie siècle.

151 — Deux Bandes accouplées en broderie à

figures de Saints et de Saintes sous des niches architecturales du XVIe siècle.

152 — Chasuble en velours rouge brodé aux emblèmes de Saint Hubert, en or, argent et soie. XVIe siècle.

153 — Croix en broderie, représentant le Christ et les Anges adorateurs, des figures de Saints et de Saintes dans des monuments à fond brodé d'or. XVe siècle.

154 — Quatre Médaillons ovales en broderie, représentant les quatre Docteurs. Travail en soie et argent du XVIe siècle.

155 — Précieux Médaillon ovale en broderie, de soie avec sertis de fil d'argent, représentant la Descente de Croix. Travail de Ferrare du XVIe siècle. En bel état de conservation.

156 — Curieuse Chasuble en velours vert émeraude brodé de grenades et de gerbes pailletées, avec croix en velours mordoré offrant en broderie les Saintes Femmes au pied de la croix, au-dessous une figure de Sainte avec banderolle et le Saint-Esprit. XVIe siècle.

157 — Chasuble en sergé de laine vert avec bande et croix, à rinceaux, en applications du XVe siècle.

158 — Chasuble en damas de soie rouge, avec croix et bande toute en broderie d'or, d'argent et de soie à dessin délicat : Médaillon à gerbe de fleurs et branches de fruits, offrant au centre la Vierge tenant l'Enfant Jésus dans ses bras. XVIe siècle. En bel état de conservation.

159 — Chasuble en damas de soie crème, croix et bande ornées de broderies, représentant des médaillons avec groupes de la Vierge et de l'Enfant, les Anges adorateurs, des Saints et des figures de Chérubins, garnie d'une dentelle dorée. Époque Louis XIII.

160 — Chasuble en moire violette, avec croix tout en fleurs, brodée de soie et bouquets détachés enrubannés, se détachant sur le fond. Époque Louis XIII.

161 — Chasuble avec étole et manipule, en faille crème, brodée d'argent et de soie, à guirlandes et branchages fleuris et papillons, entourées d'un galon d'argent. Commencement du XVIIe siècle.

162 — Deux très beaux Bandeaux en velours rouge pourpre ornés de broderies en relief, dessin guipure de Venise à ornements d'une délicatesse rare, bordés dans le bas d'une superbe

frange de soie et chenillés, provenant du château de Chambord. Époque fin Louis XIII ou commencement Louis XIV. — Long. 1^{m}15, haut. 0^{m}80.

163 — Magnifique Bandeau, fond perlé de jais blanc, richement brodé de soie, offrant en outre un médaillon où l'on voit la Vierge au Rosaire remettant un scapulaire à sainte Thérèse agenouillée, et tout autour des gerbes et des bouquets de fleurs de toute sorte d'un éclat et d'une harmonie de tons remarquables. XVIIe siècle, en bel état de conservation. — Long. 1^{m}90, haut. 1^m.

164 — Deux Devants d'Autel en broderie de soie, à grands bouquets de fleurs avec motifs à rinceaux en haut-relief d'argent doré. — Long. 1^{m}30, haut. 0^{m}80.

165 — Très beau Devant d'Autel, fond brodé au passé en laine crème, rehaussé de broderies de soie offrant au milieu une Madone en extase dans un médaillon ornementé, tout autour des rinceaux entrelacés de fleurs, bordé d'une frange de soie, XVIIe siècle, en bon état de conservation. — Long. 1^{m}40, haut. 0^{m}80.

166 — Bandeau en satin crème à grands rinceaux brodés de soie et s'entrelaçant. Époque Louis XIV. — Long. 1m60, haut. 0m80.

167 — Chape en satin crème richement brodé à guirlandes de fleurs et rinceaux tout en soie de nuances variées du plus harmonieux effet. Époque Louis XIV.

168 — Deux charmants Panneaux pour écrans, tout en broderie de soie à bouquets de fleurs dans des vases brodés en très haut-relief, entourés sur trois côtés d'arabesques et le fond tout tramé de fils d'argent. XVIIe siècle.

169 — Trois petits Panneaux en satin crème brodés au cordonnet, dessin à bouquets et encadrements de fleurs. Époque Louis XIV.

170 — Grémial carré en satin crème richement brodé de soie et d'argent ; au centre un cartouche rayonnant avec buste de Madone, autour des bouquets de fleurs et des ornements. Époque Louis XIII.

171 — Très petit Tapis carré en broderie d'argent et de soie, dessin à rinceaux et ornements entrelacés sur fond de soie crème. XVIe siècle.

172 — Intéressant Grémial d'un dessin des plus

fins, en broderie d'argent et de soie, à médaillons au centre et aux écoinçons, fond à ornements, bords dentelés. XVIe siècle.

173 — Grémial en satin violet, brodé de perles fines, d'argent et de soie, au chiffre du Christ, bouquets de fleurs et ornements autour. Époque Louis XIII.

174 — Beau Grémial richement brodé d'argent et de soie, rehaussé de paillettes, offrant au centre un Saint-Esprit dans un médaillon à quatre attaches d'ornements. Aux angles des corbeilles de fleurs, tout autour une suite d'ornements des plus délicats et bordés d'une dentelle en fin, le tout sur fond de satin rouge. Époque Louis XIII.

175 — Grémial en satin rouge, couvert de broderies de soie et d'argent, dessin à bouquets de fleurs et ornements entourés de petite dentelle en fin. XVIIe siècle.

176 — Voile de Calice, en satin rose richement brodé, partie en haut-relief et semé de paillettes, dessin à ornements, plumes et fleurs en argent et soie.

177 — Curieux Grémial en broderie d'argent doré et de soie sur fond de satin vieux rose, offrant

au centre, au milieu d'un cartouche d'ornement un Saint; et autour, se détachant des angles, des bouquets de fleurs et des cornes d'abondance chargées de fruits, en très haut-relief. Commencement XVIe siècle.

178 — Beau Voile de Calice en broderie de soie verte lamée d'or, offrant au centre un médaillon représentant la Vierge à la Pomme et l'Enfant Jésus. Travail remarquable de broderie à la main en or et soie, se détachant sur un fond à rayons; autour et aux angles, des bouquets de fleurs et des gerbes de fraises se détachant de motifs en haut-relief. XVIIe siècle.

179 — Voile de Calice en satin cerise, brodé d'argent doré, semé de paillettes avec médaillon au centre sur cartouche, très ornementé; dans le bas, un médaillon en broderie de soie représentant l'Enfant Jésus et Saint Jean, et dans deux angles des motifs d'ornements. Epoque Louis XIII.

180 — Petit Tapis en satin cerise, avec bouquets de fleurs et de feuillages et médaillon brodé or à plat, dessin serti de fils d'argent, fonds semé de paillettes. XVIIe siècle.

181 — Petit Tapis en satin vert, brodé d'orne-

ments et de fleurs en argent et soie, relevé de paillettes. XVIIe siècle.

182 — Petit Bandeau en broderie des plus fines au point de chaînette en soie et argent, dessin à écusson et à branchages fleuris, sur fond de moire blanche avec bordure sur trois côtés, à petit dessin en broderie d'argent doré. — XVIIe siècle.

183 — Voile de calice en damas crème, offrant au centre en riche broderie semée de paillettes, un médaillon, représentant la Vierge et l'Enfant, entourés de dragons et de gerbes de fleurs; aux angles, motifs analogues. XVIIe siècle.

184 — Petit Tapis carré en damas crème, tout brodé à fleurs et branchages en soie et argent. Epoque Louis XIII.

185 — Dessus de Coussin en satin violet, brodé à fleurs et gerbes de feuillages. Epoque Louis XIII.

186 — Joli petit Tapis carré, moire crème, brodé d'argent et de soie à gerbes de blé au centre, et à bouquets de fleurs tout autour.

187 — Voile de Calice en satin vert, brodé à guirlande de fleurs et feuillages. XVIIIe siècle.

188 — Petit Tapis double face : d'un côté, soie verte, de l'autre, soie violette, brodé à guirlandes et bouquets de fleurs enrubannés. Epoque Louis XVI.

189 — Petit Tapis en damas crème brodé à bouquets détachés. XVIIIe siècle.

190 — Joli Voile de calice en damas violet, richement brodé, à ornements, rinceaux et arabesques en argent doré, bordé d'un galon guipure. XVIIe siècle.

191 — Joli Voile de Calice en damas de soie rouge, richement brodé de gerbes de blé, arabesques de fleurs entrelacées, garni d'un galon dentelle. XVIIe siècle.

192 — Petit Tapis carré en satin violet, brodé à bouquets de fleurs en argent et soie avec rosace au centre, garni d'un galon dentelle argent fin.

193 — Petit Tapis en satin crème brodé de soie, au chiffre G. A. surmonté d'une couronne, entouré d'une guirlande de fleurs avec bouquets enrubannés au centre, XVIIIe siècle

194 — Petit Tapis en satin crème brodé, à branchages fleuris. XVIIIe siècle.

195 — Panneau d'écran fond de satin, offrant à même empiécé sur champ et se détachant en relief deux Amours posés, l'un sur un lion, l'autre sur un aigle portant une couronne au milieu de laquelle se détache un chiffre allégorique à l'adressse de Napoléon Ier. Bordure à ornements de même travail. Pièce curieuse. Époque Ier Empire.

196 — Petit Panneau carré en moire crème offrant au centre empiécé et en haut-relief une lampe romaine avec génie agenouillé renversant une aiguière pour en alimenter la flamme et entouré d'une couronne de chêne.

197 — Devant de Chasuble richement brodé, à jardinière de fleurs, avec papillon dans les branches, encadré de fines arabesques et offrant de chaque côté des brûle-parfums, papillons et bouquets dans le goût chinois. XVIIIe siècle.

198 — Deux grandes Manches couvertes de broderie à petits bouquets détachés, en soie mordorée sur fond de toile écrue. XVIe siècle.

199 — Jolie petite Robe d'Infante en toile soyeuse écrue brodée de soie, dessin à motifs de fleurs et ornements sur fond de satin crème. Époque Louis XV.

200 — Jolie Robe de princesse richement brodée en haut-relief en argent doré, dessin à rinceaux, feuillages et gerbes fleuries avec fleurettes en grenats sur fond de satin crème. XVIIe siècle.

201 — Très beau Voile de mariage en moire crème ornée de riches broderies en relief argent et soie, à rinceaux fleuris et ornements, fond semé d'étoiles, bordé d'une dentelle. XVIIIe siècle.

202 — Petit Tapis en satin vert brodé à bouquets de fleurs en soie et argent. XVIIIe siècle.

203 — Petit Tapis de table brodé au point de chaînette sur fond de toile écrue, dessin à rosace semis de fleurs et arabesques. XVIIe siècle.

204 — Très beau Panneau presque rectangulaire en damas de soie crème, couvert de superbes broderies à bouquets de fleurs, grands ramages et grenades en argent doré et soies de toutes nuances, d'une tonalité des plus harmonieuses. Époque Régence.

205 — Très beau Tapis rectangulaire en satin bleu pâle broché, dessin à guirlandes de fleurs avec superbe bordure toute en broderie d'argent doré, dessin très fourni à guirlandes de fleurs.

Fond Louis XVI et bordure Régence. — Long. 2m25, long. 0m75.

206 — Grande Pente en satin crème broché à oiseaux et guirlandes de fleurs d'or et soie de toutes nuances. XVIIIe siècle. — Long. 2m55, larg. 0m55.

207 — Deux Panneaux de différentes grandeurs en satin crème brodé au chenillé, dessin à guirlandes de fleurs de toute sortes, polychrome. XVIIIe siècle.

208 — Deux grands Bandeaux en damas de soie crème brodé au chenillé en polychrome, dessin à jardinière fleurie, entrecoupées de plantes variées. Époque Louis XIV.

209 — Deux Pentes en satin rouge brodé de chenillette, dessin à thryse de fleurs et rinceaux feuillagés. Travail ancien.

210 — Tour de Lit composé de trois de Bandeaux tout en broderie au chenillé, dessin à rinceaux et autres ornements sur fond de soie jaune, bordure à petits dessins. Époque Louis XIII.

211 — Milieu de Chasuble brodé d'argent et de soie, dessin à vase décoratif, couronne ducale et pommes de pin sur fond tout brodé au passé en soie blanche. XVIe siècle.

212 — Jupon en toile brodée au point de chaînette, à guirlandes et bouquets de fleurs. Travail ancien.

213 — Gilet en satin blanc orné de broderies de soie à sujets médaillons et fleurs. Époque Ier Empire.

214 — Gilet en satin blanc brodé en soie et à paillettes d'argent. Époque Louis XVI.

215 — Gilet en satin blanc finement brodé au point de chaînette et au passé, à sujets champêtres et guirlandes de fleurs. Époque Louis XVI.

216 — Habit du temps de Louis XIV, en satin rose brodé au point de chaînette, à guirlandes de fleurs et nœuds de rubans avec ses boutons assortis.

217 — Habit, Gilet et Culotte en velours rose pâle épinglé, charmant dessin pointillé à guirlandes avec les boutons assortis. Époque Louis XVI.

218 — Devant de Robe en moire groseille, brodé à branches de palmier avec cordelières et nœuds de rubans en argent. Époque Louis XVI.

219 — Très belle Bande en brocart d'or et d'argent, fond crème à petits dessins mosaïques,

broché à parterres de fleurs, plumes et aigrettes. Époque Louis XV. — Long. 2m25, haut. 0m50.

220 — Belle Chape en brocart d'or et d'argent, fond crème damassé, riche dessin à bouquets de fleurs, festons de plumes et feuillages. Époque Louis XV. — Long. 2m85.

221 — Très beau Bandeau, fond de dauphine crème brochée d'argent et de soie à riche dessin, parterre de fleurs, rocailles, coquilles et rinceaux. Époque Régence. — Long. 2m10, haut. 0m50.

222 — Belle Chasuble en brocart d'argent, dessin à festons et guirlandes de fleurs brochés en toutes nuances sur fond jaune bouton d'or. Époque Louis XV.

223 — Belle Chasuble en drap d'or et d'argent broché à bouquets de fleurs de toutes nuances. Époque Loüis XV.

224 — Grande Chape en brocart, fond partie tissée d'argent, dessin à grands ramages et fleurs avec orfroi et chaperon en même tissu, dessin spécialement broché pour la forme de la chape. Époque Régence. — Long. 2m85.

225 — Grande et belle Chape en brocart de soie rose, riche dessin à grands écrans semés de fleurs et entre-deux à festons. Époque Louis XIII. — Long. 2m75.

226 — Grande et belle Chape en brocart fond crème damassé, broché à grandes fleurs et festons d'or et de soie de toutes nuances, orfroi et chaperon en même étoffe. Époque Louis XIV. — Long. 3m.

227 — Devant de Corsage tout en broderie sur fond d'or, dessin à vase de fleurs. Travail ancien.

228 — Devant de Corsage formant corselet en soie crème, brodé d'argent et de soie à bouquets de fleurs et rinceaux. Époque Régence.

229 — Devant de Corsage en soie cerise richement brodé d'argent, dessin, dentelle et ramages.

230 — Petit Tapis carré brodé à bouquets de fleurs en soie de toutes nuances, fond crème. Époque Louis XIII.

231 — Beau Médaillon tout en broderie au passé, représentant l'Assomption de la Vierge, d'après Murillo. xviie siècle. Sur fond de peluche rouge.

232 — Bourse du XVIe siècle, brodé à alliance d'armoiries de France.

233 — Deux Médaillons tout en broderie au passé, représentant des scènes du Nouveau-Testament.

234 — Reliure tout en broderie d'argent et de soie à armoirie. XVIIe siècle.

235 — Reliure tout en broderie d'argent et de soie à fleurs et ornements, fond dessin natté. XVIIe siècle.

236 — Pale fond crème lamé d'argent et à paillettes, brodé en relief. Époque Louis XIV.

237 — Deux petits Tapis carrés en damas de soie crème brodé d'argent et de soie, dessin pélican, fleurs et ornements. Époque Louis XIV.

238 — Cinq Portefeuilles en broderies et étoffes tissées d'or et d'argent. Travail ancien.

239 — Petit Pale à fond tout brodé d'or avec figure de Saint Laurent en broderie de soie. XVIe siècle.

240 — Sac en broderie d'argent et de soie, dessin à écrans, fleurs et oiseaux. XVIIe siècle.

241 — Bourse en soie épinglée crème brodée d'argent doré à fruits, feuillages et rinceaux. XVIIIe siècle.

243 — Très beau Caparaçon de cheval avec ses fontes d'arçon en velours vieux rose richement brodé d'argent. Epoque Louis XIV.

244 — Très beau Caparaçon de cheval avec ses fontes d'arçon en velours rouge richement brodé d'argent. Travail remarquable du temps de Louis XIV.

245 — Sept Bourses en broderie d'or, d'argent et de soie, dessins divers. Travail ancien.

246-250 — Trente Dessus de Calices, Pales, Bourses en broderies d'or, d'argent et de soie. Des XVIIe et XVIIIe siècles. (Sera divisé.)

TAPISSERIES

251 — Suite de trois charmantes Tapisseries représentant des scènes champêtres inspirées de David Téniers, composition à petits personnages et animaux dans des paysages accidentés et boisés avec perspective d'une finesse remarquable.

La première représente, à droite, une femme

conduisant des bœufs et des vaches; à gauche, un joueur de cornemuse, un paysan et une paysanne causant à l'ombre de grands arbres. Descendant des hauteurs boisées, un berger qui ramène son troupeau de moutons. Long. 2m 60, haut. 2m 80.

La deuxième représente un fardier chargé de bois traîné par deux chevaux; sur le premier, le charretier est monté, le fouet en main; à côté, marche un journalier regardant un berger assis sur un tertre, ayant près de lui son panier et un mouton couché. Long. 2m 33, haut. 2m 68.

La troisième représente un paysan appuyé sur son bâton écoutant un berger qui joue de la flûte au milieu de son troupeau. Long. 2m 08, haut. 2m 68.

253 — Très belle Tapisserie de la Renaissance représentant des scènes allégoriques à l'histoire de Saint Paul et de Barnabé, composition de nombreuses figures, hommes et femmes en riches costumes, conduisant des bœufs parés de guirlandes. La bordure présente en haut un cartouche avec inscription :

PAVLVS MET BARNABA HET STEENIGEN VAN ICONIEN ONTLOOPEN. WERDEN TE LISTRIS. (LENEN GEBOREN CRUEPELEN GESONDT GEMAECK HEBBENDE) MET SACRIFICIE ALS GODEN VERLERT.

Aux quatre angles, des figures allégoriques de la Justice et de la Foi, des guirlandes de fleurs et de fruits avec des oiseaux et des animaux. Dans le bas et sur les montants, des vases décoratifs, des coupes chargées de fruits avec des cartouches à mascarons. Etat de conservation remarquable, haute lisse des plus fines. Long. $2^{m}95$, haut. $2^{m}35$.

254 — Belle Tapisserie du xvie siècle représentant une mêlée de cavaliers des plus intéressantes par sa composition, les costumes des personnages, les tons si bien conservés et la multitude de figures. Long. $2^{m}80$, haut. $2^{m}12$.

255 — Objets omis.

Collection de Mme RIDEL

Dentelles - Broderies

TAPISSERIES

des XVIe, XVIIe et XVIIIe siècles

CARTE D'INVITATION

A L'EXPOSITION PARTICULIÈRE

Du Samedi 10 Mars 1894, de 2 h. à 6 h.

HOTEL DROUOT, SALLES Nos 9 & 10

(Entrée particulière par la rue de la Grange-Batelière)

Me G. DUCHESNE
COMMISSAIRE-PRISEUR
6, rue de Hanovre

M. A. BLOCHE
EXPERT PRÈS LA COUR D'APPEL
25, rue de Châteaudun, 25

Vente les Lundi 12 et Mardi 13 Mars 1894, à 2 heures 1/4

40.608 Imp. A. Maulde et Cie, 144, rue de Rivoli.

RED. :

16

www.ingramcontent.com/pod-product-compliance
Ingram Content Group UK Ltd.
Pitfield, Milton Keynes, MK11 3LW, UK
UKHW021005180726
13838UKWH00003B/1457

9 782329 24036